❀ 배수경 글

어릴 적 꿈은 누군가에게 위로와 공감이 되는 글을 쓰는 작가였습니다. 애니메이션 동화를 그렸고, 교사로 일하다가 다양한 책 모임을 만들고, 어린이 책 작가가 되었습니다. 시니어 그림책의 매력에 빠져 '어른그림책연구회'에서 활동하고 있습니다. 학부모 리더 교육 '독서 길잡이' 강의로 함께 읽기를 통해 성장하는 기쁨을 알리고 싶습니다.

누구나 꿈이 있습니다. 꿈이 있는 누군가에게 복순의 꿈을 첫 번째 선물로 준비했습니다. 고단한 삶을 살아낸 어른들에게 그들만의 인생 이야기와 따뜻한 그림을 담아 전하고 싶습니다.

❀ 김주희 그림

처음엔 어떤 할머니가 되고 싶은지, 마지막엔 어떤 태도로 오늘을 살아갈 것인지 고민하게 만든 그림책 작업이었습니다. 이 책을 읽는 누군가에게도 그 마음이 전해졌으면 합니다. 『할머니의 정원』, 『심마』(전 2권), 『청청 거러지라 둠비둠비 거러지라』 등에 그림을 그렸습니다.

복순의 꿈은 배우였다

복순의 꿈은 배우였다

배수경 글 김주희 그림

복순의 꿈은 배우다.

텔레비전 속 여주인공은 너무나 근사하다.
눈빛도 목소리도 이 세상 사람 같지 않은 용모도….

손거울에 얼굴을 슬쩍 비추어 본다.

이름에 걸맞은 이놈의 코는 통통하게 부어오른 뭉툭한 콧날로 세련미를 떨어뜨린다. 복순을 잘 아는 사람도, 모르는 사람도 꼭 던지는 한마디.
"어머, 코가 참 복스럽게도 생겼네, 복코야, 복코."
정말로 그 소리가 제일 듣기 싫은데…. 빨래집게도 꽂아 보고 집게와 엄지손가락으로 꼭 집어 보기도 하지만 이놈의 코는 벌겋게 달아오를 뿐, 줄어들지를 않는다.

눈을 질끈 감고 드라마 속 주인공의 대사를 따라 해 본다.

"안 돼요, 우리 준영이만은. 당신이 무슨 권리로 이제 와서. 흑흑."

감정이입을 한 복순은 드라마 내내 울고도 또 눈물이 난다.

"이 생명 다 바쳐서 죽어도 사랑했고…."
애절한 남진 오빠의 노래를 흥얼거려도 본다.
아, 스카프!

복순은 안방으로 달려가 장롱을 뒤적거린다. 엄마가 외출할 때만 하는 스카프. 얼굴에 가득 감으니 괜찮은 듯하다. 이참에 아빠의 바바리까지….

순간 엄한 아버지의 얼굴이 떠오른다. 짧은 치마도, 파마도, 진한 립스틱 모두 턱도 없는 무서운 아버지는 "여자는 조신하게 잘 있다가 시집 잘 가면 되는 겨. 접시랑 여자는 밖으로 나가면 다 깨지는 겨"라고 입버릇처럼 말했다.

배우가 되고 싶다고 말했다가는 머리를 빡빡 깎아서 쫓아내거나 가둬 두실 게 뻔한 일이라 입도 뻥긋할 수 없었다.

"응애! 응애!"
아기의 울음소리에 정신이 든 복순은 육십이 넘은 자신의 자리로 돌아왔다.
그럴 때가 있었지. 꿈꾸는 것만으로도 설레는….
"아이구 우리 준이, 할미가 깜박 딴생각을 했구먼. 배고파서 그러지?"

얼른 우유를 타서 입에 물리자, 손주 녀석은 언제 그랬냐는 듯 숨을 헐떡이며 잘도 빨아댔다. 눈은 반쯤 감은 채…. 졸음도 밀려왔나 보다. 토닥토닥 등을 쓸어 주며 복순은 자장가를 불렀다.

문득 단짝 금희 생각이 났다. 부잣집 딸에 얼굴까지 예쁜 금희의 꿈도 배우였다. 아무한테도 말하지 못하는 복순에 비해 금희는 자신 있게 자신의 꿈을 이야기했다.

어느 날인가.
서울로 간 금희가 드라마에 나온다기에 콩닥거리는
가슴으로 텔레비전을 본 적이 있다. 금희는 공장에 다니는
주인공 친구 역할로 옆모습만 조금 보이고는 사라졌다.
은근 샘이 났는지 허탈함과 안도감에 한참을 웃었다.
'한편으론 오랜 꿈을 접는 계기가 되었었지. 저리 예쁜
금희도 주인공은커녕 저 모양인디.'
자신은 턱도 없으리라는 것을 모를 리 없었다.

'김 서방이 빨리 와야 문화 센터 수업에 맞춰서 갈 수 있는디….'
벽에 걸린 시계를 본 복순은 살짝 잠이 든 손주를 누인 뒤, 세수를 하고 꽃단장을 했다.

"아이구 장모님, 제가 좀 늦었죠? 죄송해요."
때마침 사위가 뛰어 들어왔다.
"괜찮여. 이제 나가면 딱 맞어. 오늘도 고생했네. 준이 자니께 어여 저녁 먹게."

아직 바람이 차가웠지만, 복순은 얇은 연두색 코트를 입고 나섰다. 유독 자신에게는 인색한 복순이 몇 해 전 크게 마음먹고 산 코트였다.
 숙제를 덜한 게 마음에 걸렸지만, 글쓰기 수업은 언제나 설렜다.

"안녕하세요, 잘 지내셨죠? 오늘은 특별한 분을 모셨어요. 드라마 감독님인데 저희 글쓰기 수업에 많은 도움을 주실 거예요."

"네. 안녕하세요. 〈소나기〉 만든 윤정우 감독이라고 합니다."

'워메 내가 좋아하는 드라만디….'
감독은 멋진 허우대만큼이나 말도 잘했다.

수업을 마치고 나오는데 윤정우 감독이 복순을 불렀다.

"저기 여사님! 혹시 광고 출연하실 생각 없으세요? 제 친구가 홈쇼핑 감독인데 시니어 모델이 필요해서요."

"네? 지가요? 저같이 평범한 사람도 할 수 있을까요?"

"네, 그럼요. 인상이 너무 좋으세요. 아까 보니 수업도 제일 열심히 들으시던데…."

"어휴, 지야 좋지만 누가 되면 어쩌지요?"

"아닙니다. 시청자들에게 호감을 주는 인상이면 됩니다. 음식도 맛있게 잘 드실 것 같아서요."

감독은 넉살 좋게 웃으며 복순에게 명함을 내밀었다.

'으이구 복스러운 코 다음으로 젤 싫어하는 말이 잘 먹게 생겼다는 건데, 저 양반이 정말….'
근데 시방 투덜거릴 때가 아니다. 절호의 찬스, 인생 최대 기회가 왔는데 말이다.
"네. 근디 제가 연기를 안 해 봐서…."
"그냥 편하게 잘 드시면 돼요. 이번 주 토요일에 여기 스튜디오로 두 시까지 와 주세요."

집에 어떻게 갔는지 모르게 돌아오면서 복순은
중얼거렸다.
"그래, 이 코트를 입길 잘했지. 오늘은 왠지 그러고
싶더라니…. 드디어 내 진가를 알아봐 주는구먼. 그러다
또 누가 알아? 뭣이더라, 픽업인지 뭐시긴지 그게 될지도
모르잖여."

복순은 현관문을 열자마자 소리쳤다.

"연희야! 김 서방! 나 홈쇼핑 출연한다!"
"진짜? 엄마 진짜야?"
"그래, 너 가는 피부 관리실 나 좀 델꾸 가라."
"그래, 근데 뭐 사기 그런 거 아니구?"
"얘는, 우리 수업에 오신 선상님이셔. 〈소나기〉 드라마 감독이랴."

복순은 신이 나 딸애에게 명함을 보여 줬다.
"와아, 맞네. 이 사람 엄청 유명한 감독인데….
우리 엄마 대단한데?"

3일 뒤, 복순은 김 서방이 사 준 새 스카프를 두르고 스튜디오로 갔다.
'2층으로 오랬던가?'
복순은 엘리베이터 옆 사무실 이름들을 훑어보며 명함 속 번호를 눌렀다.

"여보세요. 감독님 지 도착했는디요."

감독은 박 PD라는 사람을 소개하고 촬영이 있다며 자리를 떴다. 박 PD는 콘티를 보며 촬영 내용을 설명했다.

"역시 윤 감독이네요. 제가 찾던 분입니다. 저희가 팔 상품이 갈비인데요, 가족이 같이 식사하는 모습을 찍을 거니까 되도록 카메라 보지 마시고 편하게 드시면 됩니다. 저희 조연출이 설명해 주는 대로 하시면 돼요."

"레디 고!"
드디어 "ON" 화면이 켜지면서 쇼호스트의 인사가
시작되었다.
카메라가 돌아가고 복순은 열심히 LA갈비를 뜯었다.
어금니 하나 없는 것이 불편한 데다, 카메라가 신경 쓰여
먹는 척을 하려니 진땀이 났다. 상대 영감님은 경험이 꽤
있는지 능청스럽게 웃으며 잘도 먹었다. 손주 역의 아이도
며느리도 마찬가지라 복순은 더 위축되었다.

'내가 다시 LA갈비를 먹으면 성을 간다.'
너무 먹어댔더니 속까지 울렁거렸다.
'에구, 배우란 것도 아무나 할 것이 아니네. 아이구, 힘들어.'

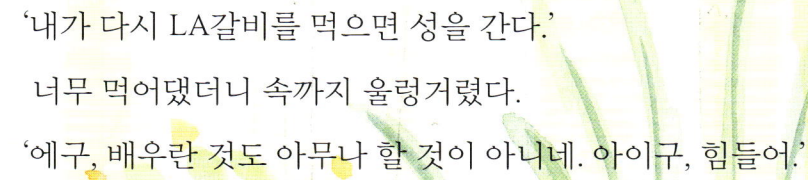

그때 문득 금희 생각이 났다.

'연희도 김 서방도 글쓰기 동기들도 다 보고 있을 텐데 주눅 든 모습으로 비쳐지면 안 돼. 까짓것 해 보는 겨. 기냥 울 애덜하고 먹는다 생각허자. 맛난 고기 공짜로 먹는 건디 호강이지. 암, 그렇고말고.'

복순은 어릴 때 텔레비전 속 배우를 따라 하던 자신의 모습을, 자신의 오랜 꿈을 떠올리며 용기를 냈다. 옆에 앉은 손주 아이에게 고기도 뜯어 주고, 영감님을 향해 웃으며 많이 먹으라는 시늉도 했다. "매진"이라는 화면이 뜨고 촬영은 끝이 났다.

걱정과 달리 박 PD는 말했다.
"처음 하시는 것치고 넘 잘하셨어요. 힘드시죠? 고생하셨습니다."

'그럼. 여태 내가 흉내 낸 것이 얼만디….'
〈영자의 전성시대〉 주인공이 되었을 땐 젓가락을 불에 데워 머리를 돌돌 말고 콧소리를 내 보고, 버스 차장을 연기할 땐 껌을 씹으며 장롱을 두드리다 엄마한테 맞아 죽을 뻔했다.
진사댁 아가씨 대신 시집가는 입분이를 할 때는 자신의 신세가 서러워 울다가 웃고, 〈여로〉를 흉내 낼 땐 바보 영구가 되었다가 고단한 시집살이를 하는 분이도 되었다.
그중에 최고는 〈러브 스토리〉 제니의 대사.
"사랑은 미안하다고 말하는 게 아니에요."
백번을 넘게 해도 심장이 터질 듯 좋은 말이었다.

출연료 5만 원에 쌈짓돈까지 보태서 가족들 선물을 사
들고 들어오는데 어째 집이 조용했다.
'야들이 다 어디 간 겨? 불은 왜 꺼져 있고…'
갑자기 "딱!" 소리와 함께 케이크를 든 사위와 딸이 방에서
나왔다.

"장모님 축하드려요. 아까 방송 보니 잘하시던데요. 드디어 꿈을 이루셨네요. 하하하!"
"엄마 축하해. 미리 사인받아야 하는 거 아냐?"
"넘세스럽게 케이크는 무신! 아이구 두 번은 못 하겠다. 어찌나 똑같은 걸 계속하라고 하는지…. 자 거기서 받은 돈으로 샀다."

"어휴, 엄마 필요한 거나 사지 왜 우리 걸 사요? 어여 촛불 끄세요. 우리 축하주 한잔해요."
"그래, 그러자."

"오늘따라 맥주가 아주 맛나구먼. 근디 김 서방은 내 꿈을 어찌 알았누?"
"그게 연희가…."
"우리 엄마 감수성이 풍부하잖아. 누가 봐도 다 알아요. 그리고… 이제야 고백하는데 내가 엄마 일기장 몰래 봤었거든."
"너어…?"

딸을 흘깃 째려보던 복순은, 집의 따스함과 가족의 사랑에 가슴이 뭉클해졌다.
복순은 빨개진 눈을 감추려 슬쩍 일어섰다.
"그만 들어가 누워야겠다. 어여들 쉬어."
"네, 엄마. 우리도 치우고 들어갈게! 쉬세요."

방으로 들어온 복순은 거울에 비친 자신의 모습을 보았다.
'에구, 그새 나도 많이 늙었구나…'
열일곱 여고 시절 〈별들의 고향〉을 보러 가려고 엄마
화장품 몰래 바르고 극장에 들어갔었는데. 학생과장 선생님
단속 나와 들키는 날엔 죽음이었는데, 목숨 걸고 보러
갔었지. 그땐 그랬지!
화장대 옆에 포장된 선물과 메모가
보였다.

울 엄마 화이팅! 언제나 응원할게요.
브로치가 예뻐서 하나 샀어. 다음엔 새 코트 사 드릴게요.
- 엄마의 영원한 열혈 팬 드림-

'그래. 내가 꿈꾸던 주인공은 바로 지금의 나일 거야.
척이 아닌 누구도 살아 보지 못한 내 인생의 주인공…!'

복순은 눈물을 훔치고 브로치를 달아 보았다.
거울에 비친 자신의 얼굴이 오늘따라 더 화사해 보였다.

시니어 그림책 5
복순의 꿈은 배우였다

2021년 4월 26일 1판 1쇄 인쇄
2021년 5월 8일 1판 1쇄 발행

시리즈 기획 백화현
글 배수경
그림 김주희
펴낸이 한기호
책임편집 정안나
편집 도은숙 유태선 염경원 강세윤 김미향 김민지
마케팅 윤수연
디자인 김미란
경영지원 국순근
펴낸곳 백화만발
  출판등록 2019년 4월 17일 제2019-000120호
  주소 04029 서울시 마포구 동교로12안길 14(서교동) 삼성빌딩 A동 2층
  전화 02-336-5675 팩스 02-337-5347
  이메일 kpm@kpm21.co.kr
  홈페이지 www.kpm21.co.kr

ISBN 979-11-968626-5-7 (07810)
   979-11-968626-0-2 (세트)

· 백화만발은 한국출판마케팅연구소의 임프린트입니다.
· 잘못된 책은 구입처에서 교환해드립니다.
· 책값은 뒤표지에 있습니다.

백화만발 '시니어 그림책' 시리즈는…

그간 주요 독자 대상에서 소외되었던 5090 세대의 삶을 아름다운 그림과 생생한 이야기로 담은 책입니다. 친근한 소재와 따뜻한 그림으로 어른들의 인생을 응원하고, 감사의 마음을 전하고자 합니다.

동화와 소설에는 위로와 격려, 곧 치유의 힘이 있습니다. 다양한 인간사를 통해 마음속 이야기들을 절절하게 풀어내기 때문일 것입니다. 오랜 책의 역사 속에서 많은 이들이 유독 동화와 소설을 좋아하는 이유입니다.

그런데 직장 또는 가사와 육아에 매달리다 보면 어린 시절 그토록 좋아했던 동화, 젊은 시절 그토록 가슴을 울렸던 소설을 어느새 저만치 밀쳐놓게 됩니다. 그러다 이제 한숨 돌릴 만하여 책을 다시 집어 들면, 동화는 아이들 이야기라서 마음이 움직여지지 않고, 소설은 글자도 작은 데다 너무 난해하여 부담스럽습니다.

어른들의 삶과 이슈를 담되 동화처럼 쉬우면서도 울림이 있게 만든다면? 나아가, 넘기는 페이지마다 멋진 그림이 펼쳐진다면? 동화와 소설과 그림책이 융합된 '어른 그림책'이 떠오른 순간이었습니다. 그중에서도 먼저 선보이는 '시니어 그림책' 시리즈는 시니어의 삶과 이슈를 담은 어른 그림책입니다.

외롭고 막막한 어르신들, 자녀와 소통하고 싶어도 바쁜 그들에게 말 붙이기 어려운 부모님들, 마음은 아직 젊은데 그 마음을 누구도 알아주지 않아 슬픈 어르신들. 먼저 그들에게 위로와 격려, 그리고 꿈을 드리고 싶었습니다.

많은 어르신이 이 책들을 함께 읽으며 마음속 이야기를 풀어내었으면 합니다. 온 가족이 이 책들을 함께 읽으며 어르신들의 이야기에 귀 기울이길 소망합니다.

기획자 백화현